在这个阒静的黄昏

我要独自出门

面对着桃花溪涧

默默地伫立花前

雪落花树

XueLuo Hua Shu

杏林◎著

中国青年出版社

雪落 花 树
Xue Luo Hua 目录 Shu

卷叁　花，暗香浮动

卷肆　城，蓝色水晶

序

一个诗人，或月下舔吮着双爪的红狐

周瓒

> 尔后，我踏上另一条路，同样美好，
> 或许我还有选它的更好理由。
> ——弗罗斯特《未走过的路》

一位在写下的每一首诗篇末尾都注明了具体写作日期的作者是令人敬佩的。我猜想，此人细致、耐心、执著热爱着诗歌，近乎固执地认定诗与时间（换个词说就是“生命”）的紧密关联，抑或他要人们相信，诗歌于他时时刻刻如同空气般无处不在而又不可或缺。确凿的日期或许还表明着拒绝遗忘的态度，因为它们既记下了激情的坐标点，同时，也构成了未来回顾的一个个提示。对于以“回忆”为出发点的诗歌写作时间而言，写下诗歌的日期也是诗歌行动的一部分，而且可能是相当重要的一部分。

杏林说他在一九八四年对诗歌萌生兴趣，开始了诗歌阅读和写作。这一年他二十岁，正是青春写作之年。上世纪八十年代是中国当代文学的神话时代，文学思潮多种多样，风起云涌，新诗领域也是如此。八十年代中期，朦胧诗方兴未艾，第三代粉墨登场，在《深圳青年报》《诗歌报》组办的“中国诗坛1986现代诗群体大展”中，笼统名目下的第三代诗人以社团、群体、实验流派等面目呈现，写诗者的队伍非常庞大，诗坛亦可谓热闹而繁荣。在这种气氛下开始写作的当代诗人，无论如何都会感染上那个时代的精神气氛。尽管杏林说他自写作以来与诗坛体制内、外均无交流，但从他的写作轨迹看，与其说他是个独行者，不如说他还是个旁观者。这个旁观者的意思，正如当代最优秀的诗人之一——钟鸣的同名巨著所显示的一样，是一个从旁观察的人，是在观察中逐步形成自己的诗歌见解的人，杏林为本集所写的《跋》可以证明这一点。

上世纪八十年代中期开始写作的一代新诗人中，能够坚持下来，保持变化更新的创造活力的优异者仅在少数。随着年龄的增长、社会环境的变化、个人际遇的迁动，曾经迷恋着诗写过诗的人多数已逐渐失去了对诗歌写作的兴致。年少时期有点浪漫诗情，偶尔写几句分行押韵的称之为诗的东西，听起来恐怕是很多人的经历，并不稀奇。但要担得起“诗人”这一称号，则需要一个书写者拥有比浪漫情怀更重要和关键的因素，简单地说，必须有天分或才能，以及在此基础上的“历史意识”。说到天分与才能，本集中的第一首《致友人》让我见识了诗人杏林激情的纯度：

既然燃不起熊熊的火焰
那么我就亲手熄灭了它

这样一种激烈是诗的内核，是诗人之真。T·S·艾略特在《传统与个人才能》一文中曾以“二十五岁”作为一个真正的诗人成长的标志，他强调的就是“历史意识”，即：“不但要理解过去的过去性，而且还要理解过去的现存性，历史的意识不但使人写作时有他自己那一代的背景，而且还要感到从荷马以来欧洲整个的文学及其本国整个的文学有一个同时的存在，组成一个同时的局面。这个历史的意识是对于永久的意识，也是对于暂时的意识，也是对于永久和暂时的合起来的意识。就是这个意识使一个作家成为传统性的。同时也就是这个意识使一个作家最敏锐地意识到自己在时间中

的地位，自己和当代的关系。”（引自《艾略特诗学文集》，王恩衷编译，国际文化出版公司一九八九年版）

以诗歌加入“时间”，不单纯指的是在题材意义上充分的社会化和历史化，而是指诗人明确地意识到他的写作在传统之中并将通过写作改变这个传统。从这个意义上讲，直到二〇〇八和二〇〇九年左右，杏林的诗歌写作才在自觉的意义上，更新了自我。这些作品包括《玉人》《梅的讯息》《导弹概论》等等。

这么讲当然不是否定杏林前二十年的诗歌实践，据我观察，收录在本集中杏林的大部分作品体现了诗人自觉选择的似乎是另一条路。它是否是弗罗斯特在《未走过的路》一诗中所形容的“人迹罕至的那一条”呢？在匆忙得出结论之前，我想说的是，对于选择者而言，“从那一刻起，一切的差别就已铸就”。在这条路上，杏林更像个中国古代文人，而不是他现实中的工程师身份。这位“古代文人”能诗善文，书写身边事物、所见所感时，或任意挥洒，或精心描画，都能在节制中完成其形式上的整体性。杏林前二十年间的诗歌多吟风弄月，白描花鸟鱼虫，速写风景和亲情，其情绪则合乎自然四季与天气场景的节拍。语言凝练、克制，笔触简约、直接，风格率真、坦诚。相当有趣的是，这位有着中国古代文人风的当代写作者并不是没有国际视野的，杏林那些“有一点古典的韵味”（诗人自陈）的诗歌中有相当一部分烙有英美意象派诗歌的风格印迹。试举两例，作于一九八八年四月十九日的《眼睛》和作于一九八九年一月八日的《瞳》，两首都是描写眼睛的，诗人只是用了几个意象叠加起来，便烘托出目光的特征、情绪的强度。因为篇幅不长，请允许我引用全诗：

幽灵们群居和栖息的黑洞
两只瞄准猎物的双筒枪孔

——《眼睛》

枣核
青色橄榄

花瓣如歌声般溅落山谷
一嘟噜杜鹃花儿哭泣
沉默中结出的果子
是玻璃的

——《瞳》

这两首完全称得上精美的意象主义短诗，体现了诗人娴熟的诗歌技艺和节制的语言品格。如果进一步理解，我认为，杏林的诗歌写作为当代诗人提供了一种探索的可能性或问题意识：中国古典文艺的内容加现代诗的形式技艺，能否创造一种新的感受方式和诗意？这曾经在新诗史上多多少少是被否定了的提案，其实在不同的时期，被不同的写作者试验着。我认为，如果不只是一种风格上的组合，而是形成了新的语感，创造出独特的形式感，那就可能是有效的写作。

“古典的韵味”与什么相关呢？在杏林的诗歌中，据我推测，更多的是与他对词的敏感性有关。专注于词的结构、声响和其所唤起的形象特点与文化象征，反复吟味，并将“我”的情绪与情感带进这个词所形成的意义场中，这样写下的诗歌，其形式或许是自由分行的，其节奏或许也合乎心情的律动，但整首诗的主旨相对单纯，是对既有经验的一种印证与阐发。这造成了一种写作的也是感受的惯性。唯有打破这种惯性，才可能发现新的感受性，创造新的形式感。杏林的这本集子里，有几首诗是我喜欢的，比如《谣歌》的质朴自然，《朋友》的淡泊宁静，《梅的讯息》的深情曼妙，《温带国土》的稚拙天真等等。仔细品读，我发现在这几首诗中，诗人不再执著于词本身，而是更侧重词与句子的编织关系、句子的松紧度，以及诗整体效果上的随意性。

杏林近年的写作开始了他自己称之为的“现代性的尝试”，并写出“一些个性化的文本”。的确，每一个真正的诗人都会意识到的自我突破的需要，会引领他进行各种词语和文体的实验。我注意到，在新动向的写作中，题材有了拓展，诗里出现了他之前的作品很少采取的反讽态度。虽然在具体运用时，如同拉开一把弓，反讽的张力还没有被抻拉到最大限度，可能因此会造成误读，但这至少说明了诗人杏林在写作中已获得了T·S·艾略特所谓的“历史意识”。他自觉地把自己的诗歌写作放在了当代汉语诗歌的一小段历史之中，并寻找着自己的位置。我设想，如果在未来，杏林能通过写作与优秀的当代诗人形成对话和交流，那么，他一定会在他选择的诗歌之路上找到知音的。

（周瓒：诗人，学者，任职于中国社会科学院文学所）

卷壹　心，正午黄昏

似乎在寻找

一群玄色的人影

致友人

我不要那些和风的助燃

不要那些闷呛的烟

不要那些潮湿的树枝裹在里面

还有那些文火的熬煎

既然燃不起熊熊的火焰

那么我就亲手熄灭了它

| 1988年3月10日 |

夜诗人

那么在池边月下
夜鸟栖息
你
瘦细的胡须
宽大的布袍
黑黑的驴蹄子
正要敲开这空寂的山门吗
一囊苦涩
诗人啊
秋风吹过渭水
此刻长安落叶满城
今晚
天空最明亮的星星
就是你朦胧的眼睛

| 1988年4月5日 |

夜思

一个精瘦的男孩儿
撒落一把红豆
于是，白色的枝柯啊
便盛开出一大片奇异的花朵
而银亮的铁犁
“嚯”的一声攫开了心脏
可是记忆的深处
已经再也没有
能够葬下死者的地方
那么，月亮
就用一架古老的竖琴
随便弹奏一支曲子吧

| 1988年4月5日 |

眼睛

幽灵们群居和栖息的黑洞
两只瞄准猎物的双筒枪孔

| 1988年4月19日 |

大师

你一声咳嗽便吐出一丸鬼闪眼的月亮
你一个冷战便铁僵了几杈直刺天空的枣树枝
而你清瘦的目光则瑟缩成一粒苍翠精致的小青虫
冷惨惨地一笑，便叮叮地撞进了猩红色的栀子灯罩

——那么你，夜游的魔幻大师啊
是要引我也随着你一道去吗

| 1988年5月7日 |

壁虎

暖气
熏熏的
冬日之夜
乱哄哄的一窝
而你，静静的胴体
依然匍匐在玻璃窗外
半透明空瘪的腹部
神奇而可憎的尾巴
丑陋的头额缀满了冰霄花
缓缓的，你以凝霜的目光
巡视过每一个，屋里的
然而你决不能爬进里面来
他们说，你只不过曾经
吞食过一些细小的蚊蚋

而我，却分分明明地
看到你眼中的泪
不是为了什么别的
你的祖先，原本
也是龙啊

| 1988年5月7日 |

眠

窗外似有歌声
小米粒一般的星
溅落夜幕的
黑呢丝绒
梦中的青石小城
树影婆娑
一双眠宿的候鸟
呢喃，呢喃
草虫是润湿的了
叮叮的戏水
池中之鱼
款款地漂来
六月是迢遥的风

夜思的少年

不能入睡

| 1988年6月7日 |

宇宙

巨大的
虚无

你那孤独而凄怆的诗歌
缓缓地吟唱了亿万斯年

一芥的
悲息

我用颤栗而嘶哑的喉咙
悄然地向你的萤流呼唤

| 1988年8月3日 |

黑衣人

蒙蒙的细雨筛着九月九日的梦不飘
踏着泥泞的小径他走过来了黑衣人

是你惊醒了她吗柔柔地露出了脸庞
山谷间的杜鹃啼亮了一盘金红的月

小虫们唧唧地叫狗尾巴花轻轻地摇
凉透了重衣啊颤颤地凝立夜游的人

呜呜咽咽地吹响吧这月色下的管箫
那丝丝缕缕的歌声是她的白裙袅袅

鬓间的那朵山茶花已然谢落孤独者
秋天渐渐地深了丁香也会变成白草

| 1988年9月9日 |

岛

从前
只有湖
没有岛

夜里
我走进湖
脚下却踏着岛

对岸
一群玄色的人影
似乎在寻找

我

还是在岛上吗

雾里

却没有了岛

| 1988年9月26日 |

瞳

枣核
青色橄榄

花瓣如歌声般溅落山谷
一嘟噜杜鹃花儿哭泣
沉默中结出的果子
是玻璃的

| 1989年1月8日 |

游园

钢筋
混凝土的基础
铁条分割天空
瑟缩着
挤在一起

在这个冬日
我们相互取暖
既不可过近
亦不可过远

因为我们

是这样的一群

一群浑身都长满了

毒刺的豪猪

| 1989年1月24日 |

无题

雷声不是我的愤怒
滂沱的秋雨不是哭诉
这夜里是再没有一丝星光
有星光的夜晚只能咀嚼孤独
刚刚灌浆的小麦就已经被收割
花匠们喜欢的却只是罂粟
更夫的灯笼是夜枭的眼睛
磷火正飘荡在这阴森的雨幕
可是温柔的鸽子们需要一块天空
咿呀学语的孩子啊花团锦簇
漫天的雨水注定要汇成大江大湖
黑夜里的瞳孔祈盼磅礴的日出
如同生命的死亡要有一座坟墓
一个种族的生存需要一块沃土

倘若焚酥的骨渣也能够发芽
那就把这些白色的花朵都种植了吧
或许是在平原或许是在峡谷
一定还能生长出一些茁壮的植物

| 1989年9月20日 |

红嘴鸟*

童年是一炷炊烟
老树上栖着一只红嘴鸟

情人是一缕流烟
绕着脖子叽叽喳喳的红嘴鸟

失恋是一盒闷烟
一盒廉价潮霉的红嘴鸟

妻子是一锅呛烟
一只褪掉了彩色羽毛的红嘴鸟

| 1989年11月22日 |

* “红嘴鸟”是一种廉价的香烟。

冰点

沸点
偶然相遇

秋天
枫叶飘飞

冬天
花落无果

冰点
说声再会

| 1990年3月3日 |

千手观音

秋雨自一宇古庙的檐角滴落
碧绿自一株老藤的枯叶滴落

青蛇消逝了踪迹
白鸟消逝了踪迹

几缕香火从紫铜炉中缓缓浮起
几声呢喃从蒲团垫上缓缓浮起

于是你微合的双目如灯盏般明灭
于是你滋润的双唇如莲花般开启

然而你悲悯而舒广的慈心啊
纵然再生有一千万双的手臂

也无法把苦难的众生
从尘世之间一一救起

| 1990年3月7日 |

萤火虫

闪烁的莹绿
一粒火花
从墨色中绽开
夜树是深眠中的巨人
在雨后温润的池塘
和生满茴香草的田野
这几粒硬壳的小青虫
点亮了夏夜的蛙鸣
和我郁热的梦境

| 1990年3月14日 |

蚁

自乳白色的
椭圆之卵孵化出
幼蚁，又自幼蚁
发育为成蚁
自成蚁的劳碌衰老
然后死去埋葬在土缝里
蚁的一个过程只需要
几十天

见到了桃月道旁的牛蒡草
便见不到桂月山间的鬼葛针
见到了桂月山间的鬼葛针
便见不到桃月道旁的牛蒡草

蚂蚁一秒钟的生命体验
相当于人的一年

| 1990年3月30日 |

夕阳远别

映红西山的一座孤岛
一位老者赤红色的面庞
宛若一只巨大的正在淌血的伤口
倒悬在黑色的山巅
而从那遥远的天边
却又传来巨人
一声混浊的长叹

哦，乌鹊归巢
牛羊下山
我清瘦的友人啊
在这黄昏凄美的景色之中

你却为何再一次地
悄然远行

| 1990年4月11日 |

寂夜

子夜是一头乌龟
缓慢而长寿

寂寞是一条水蛇
蓝色得美丽

| 1990年7月21日 |

一瞬

尼亚加拉瀑布又流逝过一毫
黄河浊流的浪花又滚卷起一涡
落基山中一颗秋日的野果正透红得玲珑
珠穆朗玛峰顶的皑雪又向尘间瑟瑟地飘零一朵

窗外夤夜的蝉鸣消了
你的唇边又印上了我深深的一吻

| 1990年8月24日 |

我们

昏暗的
灯光之下
虚无的影像
彼此陌生的一群
我们是瘟病的鸡雏
圆而矮胖的厨师
笑眯眯地满脸
今晚请吃炖冬瓜
并同时上演一场
精彩的皮影

| 1990年10月9日 |

苦酒

我喜欢
在月光之下
独自欣赏
这杯中的
虚影
慢慢地品尝
这悠长
而醉心的
一杯
苦酒

| 1990年12月15日 |

山城

一些黑色的大鸟栖息
夜色下江面舒缓安谧

这南方的城
雾里的都市

歌声自合欢树影流溢
灯火霓虹混合着忧郁

| 1991年6月7日 |

犬与人

人，灵长类
是一种哺乳动物

犬，俗名狗
也是一种哺乳动物

人可以借犬势
犬可以仗人威

人的眼里
犬很是忠诚和可爱

犬的目中

人拥有一千副面孔

| 1991年8月15日 |

江津

洗衣女的柔臂
宛若出水的青鲢

打鱼人的瞳中
泛起了一江金鳞

而隐者的歌声呢
却如同江面的夜雾

垂钓老翁的眼睛
是五年不熟的青橘

| 1991年8月27日 |

清明

看门儿的狗
叫明儿的鸡

金童玉女牵引路
亡魂亡魂上天梯

我慈蔼的至亲者啊
你忧伤的目光离我远去

那就让这个阴冷的节气
再下上一场细雨

| 1991年12月13日 |

雪域剑客

1

先是崆峒掌门
然后是天山神芒
还有西域三鬼
以及黑白无常
在这一裹浑白的雪域
暗伏着九十九道杀机

你，雪域中唯一的剑客
如虹的剑气已凝成七十二朵莲花
无论你今夜是否出手
我想他们和我
一定都同时看到了
你剑锋上的积雪

以及积雪的反光

在雪域有关剑客的传说
这些年时常在我心中闪过

2

此时江流停滞
落雪滔滔

凝视着
你生平唯一的敌手
峙立如山
继而发动出苍茫的一击

一击不中

步履蹒跚
血花满衣

北风呜咽
马蹄声已经远去

雪野上狼群的爪痕淡了
剑客啊，你没有醉

昨夜的桃花酒
不醉人

| 1992年7月28日 |

城

掷下九十九枚骰子
列成一座方阵

剩下的一枚骰子
空作一扇城门

我从门外走进
又从门里走出

城中的每行骰子
恰巧排成六六大顺

| 1992年7月29日 |

山地车女孩

驰过一位漂亮的女孩
她剪一头黑短发
她的鞋子跟儿很高
她的长腿很好看
她穿一件黄色超短裙
她骑一辆蓝色山地车
车的牌子是普佳奇
她超过所有骑车的人
她闯过了斑马线
她骑进了快车道
一个年轻警察忘了指挥交通
另一个老警察跑过来叫住她
喂，请把自行车停下

一个鬈发的青年为她说情
一个坐轮椅的中年男人
小声嘀咕都怨交通堵塞
并顺势多瞟她几眼
一个推车的黑脸胖妇说
活该，让汽车轧死她

| 1992年9月19日 |

雨岛

一万只
怪兽啼过

雨幕

凄风如瀑
长草飘摇
你巨大而孤独的背影
黑衣人，泽畔的
一声浩叹

水鸟为你而泣

| 1993年12月30日 |

谣歌

马头山
马头山

山前一条青青小溪
浆洗过缝衣的花布
山后一座黄黄土坟
埋葬着老去的祖父

马头山
马头山

咱们铡的是谷秸麦草
咱们吃的是小米饸饹
咱们唱的是拉花小曲

咱们过的是十五灯庙

马头山
马头山

| 1994年4月4日 |

心之岛

一千只黑狐在旷野流浪
一千头白鹿在河岸徘徊

月之光
心之岛

甜橘是你
苦杏是你

| 1994年4月27日 |

名旦

……凤目

……水袖

……蛮腰

甜润的嗓音绕梁而三日不绝

笑不露齿，回眸一笑百媚生呀

让……发了痴心

惹得……动了春情

……却原来是一位

无须无眉的

谢顶老头

| 1994年8月18日 |

暮色

你匆匆落下的足音
在这个暮春
我的心跳追寻着你
托起一轮落日
然而生命终归是燃烧得太慢
当我把它再次点燃
为了让这火焰燃烧得更加绚丽
就像是循着你的足迹
我骑马向西
春草一望无际

| 2007年4月24日 |

听雨

伫立窗前
独自听雨
子夜吐出它最神秘
又最清凉的气息
有人自院中骑车匆匆而去
是一个披着雨披的男子
或是因为母亲病重
或是因为女人产子
而在远古的某一个雨夜
我们只是在山洞里栖居

| 2007年6月18日 |

子夜

大雨过后
梧桐无声
在这个子夜
只有昏黄的路灯
此时人静
一个中年男子
有时就像是一个幼童
或者像是一只红狐
在月亮出来之后
悄悄地舔吮
自己的双爪

| 2007年7月17日 |

灵感

把我体内所有的
蛋白质脂肪和骨骼
在冬季的某一个夜晚点燃
为女儿妻子和母亲取暖
它就是我的诗歌
用来融化屋檐下的积雪

| 2007年7月19日 |

墓畔

让你生前的寂寞得以延续

我不忍心打断你匀称的呼吸

就这样你在倾听我的独语

等待着我的墓碑与你并立

| 2008年1月20日 |

五岳寨

今夜我们逆溪流而上
共同去驾驭一种神秘
我们用第一种神秘
去驾驭第二种神秘
或者用第二种神秘
去驾驭第一种神秘
第一种神秘太过遥远
第二种神秘太过神秘
今夜月光照在五岳寨
我与你一起仰望星空
第一位仙女是姐姐
第二位仙女是妹妹

| 2008年1月24日 |

流体定律

冥想一滴牛奶的溅落
是一个缓慢且优雅的过程
在第一滴牛奶的溅落之后
第二滴牛奶的缓慢溅落
就要符合一种规则
它将在玻璃的表面
溅起一朵光滑柔润的王冠
先是按照流体定律
无比曼妙地升起
到达上帝规定的一个极致
再无比曼妙地落下
然后就渐渐趋复平静
融入第一滴牛奶的馨香

并一起向空间中弥漫
这才是令人惊异的
第二个物理过程
而第一滴牛奶的溅落
则已经不可追溯

| 2008年5月1日 |

朋友

今晚，若是有你，我们就坐在湖岸，看星星，谈心事

明晚，若是没有你，我就醉卧山间，听松风，吟月歌

| 2008年10月18日 |

正午直到黄昏

我最喜欢
这样一个正午
睡过懒觉
用过午饭
松松地躺在床上
没有来电
没有短信
阳光照过来
有一种暖暖的微醺
妻子在书房上网
女儿在大连理工
此时不去工作
也不用做家事

不去看望老人

不去应酬朋友

就静静地躺在床上

读一点朱大可

或者伊沙

偶尔看看窗外

看看天色

直到黄昏

| 2010年1月1日 |

卷贰 橘，你的容颜

我们从梦中的桥上走过

跨过世间最宽阔的河流

星的记忆

蓝盈盈的天空，有
两颗星，我漫步在郊野，
满耳已是秋虫轻鸣……

那一夜是盛夏里，也有两颗星，
漂亮的是她，温柔的是我。
她说，她愿意让那两颗星长明
在天空，漫漫夜色里迎启明。
我说，我喜欢那两颗星飘离开
这夜空，一起消隐在夜幕中。
她说，她喜欢那夜晚
风轻气爽星更明。
我说，我愿意那夜晚下小雨，
淅淅沥沥的小雨比夜风更轻松。
她说，风轻月明多静谧。

我说，下起小雨更惬意。
她是因为，喝多了甜酒
醉倒在绿草坪。
我是因为，那被淋湿的小鸟
一定会躲避在我怀中。

蓝盈盈的天空，有
两颗星，我漫步在郊野，
满耳已是秋虫轻鸣……

| 1986年9月4日 |

旧雨伞

把伞篷轻轻地移向你
想阻隔围困路灯的阴郁
然而你扭身冲进夜雨中去了
橐橐的鞋跟敲击着你的韵律

请收起那一柄伞吧
伞太沉重

| 1987年6月28日 |

梦湖

三色堇
碧叶莲
白色木舟
蓝色溪水
你
我
还有一对鸽子
一起漂向梦幻之湖

| 1988年5月5日 |

青橘

温馨的
女孩
一枚幽香
而淡淡的
青橘
我要
在今日午夜
清凉的
月光之下
吻你

| 1990年11月2日 |

丁香之后

睁大眼睛再一次默默地注视你
今夜的细雨之后我就要离去
此去行程并不很遥远
可是同一座城市里也将成为远离

远离你，我会觉得孤独
不过，好在还会有一些朋友
或者是柳永或者是齐秦
或者是魂断蓝桥或者是一匹北方的狼

只是，只是希望你也有一些朋友
他们也能够使你快乐一些

就这样，就这样吧

柳絮之后，熏风之后
丁香之后，细雨之后

今夜，我们就将别离
别离是一种最好的珍惜

| 1991年6月7日 |

三位女孩

公园的一张木椅上坐过三位女孩
她们曾经先后都和我挺熟悉的

一位女孩长得漂亮她坐得离我远点
她说她明年夏天一定要去撒哈拉

另一位女孩长得难看我坐得离她远点
她说她每逢冬季最怕提起北冰洋

最后一位女孩长得一般不远也不近
她说她今晚就到我的厨房里做饭

| 1992年9月8日 |

立夏

鸟鸣

叽叽，叽叽

随着阳光悄然漫入室内

当杯中的绿茶啜尽

四壁已空无一人

杏月已远

槐花香过

立夏日的正午

我在木椅上小睡

灵灵，窗外鸣叫得最温柔的

那一只小羽一定是你

我唯一的，小鸟

| 1993年5月5日 |

春歌

今晚
月黑风高
我要趁机
偷偷地吻你
我还要
顺藤摸瓜
看你究竟
是一只甜瓜
还是苦瓜

| 1994年2月6日 |

妻

你今晨七点
没来得及吃早饭
路上遇到红灯
心里很慌乱
你总是很生气
因为你的学生不听话
在家里你很幸福
多用洗衣粉的手
每晚总得抹一点甘油
你系着围裙的样子
其实最漂亮
你很耐心地说
小白兔乖乖
爱吃萝卜爱吃菜

你们也都来吃饭吧
女儿就又亲亲地
叫你一声妈妈
你就是我的妻
我们的日子
过得很潇洒

| 1995年1月15日 |

花前

蒙蒙的细雨
飘落，鸟雀不鸣
紫藤花又一次铺满了
山间小径
一把竹杖
一壶米酒
一双芒鞋
一袭蓑衣
丽人啊
在这个阒静的黄昏
我要独自出门
你为什么
不再回首凝眸
让我看你一眼

梨花一枝带雨的容颜
却撑起一柄红绸薄伞
面对着桃花溪涧
默默地伫立花前

| 1995年12月6日 |

美人蕉

不知从何时起我就不再欣赏丁香和玉兰
而迷恋上一种没有香气却恣肆绚烂的植物
在一万里深的静夜我用灼热的呼吸微微地熏蒸着她
让妹子们都叮叮当当地生长成一株株艳丽绽放的美人蕉
一年一度美妙魅人地开了又戛然谢了
在温室里或者是燠热的夏季
这些最令人心痛的花朵
应该是一种易逝的草本

| 1999年10月26日 |

西番莲

惊异于它叶子的青葱和花瓣的繁复
这是我第一次见到这种美艳而无刺的植物
把你那张最令我心动的照片悄悄地放在窗前
在有月亮的夜晚让银色镀上你倩影的侧面
临睡之前把台灯调得再暗一些
插一枝西番莲便有一种异域的情调

| 1999年10月30日 |

梨花

月亮地里冰莹莹的一树清香
妹妹，梨花只在四月的夜晚开放
让雨水催生出一对脆生生的小梨
姐姐，你带露的乳房叫我悲伤

| 2000年2月20日 |

你的手

你的手娇巧玲珑
给我以奇思妙想

我们的女儿拉着你的手
水红色灯笼裙一闪一闪

在无眠的夜晚
你的手，灵灵

我们从梦中的桥上走过
跨过世间最宽阔的河流

你牵着我的手
我牵着你的手

| 2000年9月4日 |

赠你

把我

一生的

心绪

凝成

一盏香醴

在夜晚

初雪之时

赠你

| 2008年1月20日 |

玉人

为什么，春风夏雨秋霜冬雾，二十番岁月轮回就如同一瞬
月色之下，记忆深处，你明媚的容颜依旧，雪落花树

| 2008年10月18日 |

梅的讯息

为了那神秘的一刻颤栗和未知的一种讯息，今夜，在火炉之旁捧一杯热茶，我们相拥，等待着天明雪晴和晨鸟的第一声啼鸣

| 2008年12月28日 |

卷叁 花，暗香浮动

和着细碎而温馨的绛红

这是一片摇曳的银白

杏雨

杏月的最后三日
街上飘过这么多黑色雨披
而每件雨披里面都裹着一团呵气
这城市里的天气
不知下雪还是下雨
偶尔的
街上飘过一袭杏黄色的雨披
而这一点点暖色也被冻成一片惨绿
清明节之前的一场春雨
比之上一场春雨
更觉冰凉
更觉凄迷

| 1990年3月27日 |

山中秋色

在山顶
仰面小憩

听飒飒山风
顺谷而生

天高
云淡，暖日
如一万双金指
拂动。衰草千重
万重，遍野
只有山秧子*
偶尔的

鸣声

秋日的
山中

不见蛇影
亦没有黑鹰

| 1990年10月13日 |

*“山秧子”为一种草虫。

秋日园中

西郊的园中
静坐，读金农

宛若
一阙小令
昂首雅视
一只蚂蚱越出花池
自我身边款款而行
螓首娥眉，绿翅
红腰，颇有
六朝才子遗风

走出一帧草书

再走一幅隶楷

凉风习习
长草已衰

秋日的
园中

一只蚂蚱
与我同读金农

| 1991年10月10日 |

温带国土

夏天，盛产一些小麦紫堇和茶花
秋天，也会收获一些茄子和地瓜

| 1992年3月11日 |

青杏

春在杏花的
粉瓣之上绽开

我遥远的印象之中
有一个异常凄艳的传说
一位江南的丰腴女子
总飘着一瀑青丝
还有一方竹椅
一柄琵琶

三月醉了春江花夜
四月青杏枝头尚小

而荷花般的五月呢
生命竟是如此短暂

| 1992年5月13日 |

月光

一只雨后的银盘叮叮脆响
一茎艳红的小花摇曳婀娜

夜幕下的旷野
温馨笼罩清苦

| 1992年5月18日 |

玉米地

一切都正在发生
发生在某一个深夜
一场淫雨的浇润之中
“噗”的一声脆响
蘑菇的一涡圆伞就撑了起来
在深秋的一块玉米地里
为一只蝼蛄遮雨
而对于一只蝼蛄来说
这唯一神秘的一株菌轮
究竟是一颗食品呢
抑或是一味草药

| 1992年12月25日 |

风景

黄昏里
立着一棵向日葵
在它的旁边
还立着
一株小雏菊
收获之后
在秋季田野
瑟瑟的风里

| 1995年2月4日 |

心月

把我心脏中多余的汁液
都挤压出来
剩下一枚薄薄的冰片
趁着人们都熟睡的时候
挂在天空
它就是月亮

| 2007年7月19日 |

中秋月

把天上的一枚金果
切成一层层的香片
最前面的一片
由你自己带走
最后面的一片
我把它挂在窗前
而中间最甜蜜的那些
就起名叫做月饼
馈赠给天下的情侣
和所有辛劳的母亲

| 2007年9月25日 |

胭脂花

已经望到了这座山的峰顶
山谷对面飘来清新的风
这是一片摇曳的银白
和着细碎而温馨的绛红
胭脂花，有过那么多的传说
关于一个种族迁徙繁衍的历史
关于三月三日水边丽人的粉腮
躺在这一片胭脂花丛
我情愿虚度这短暂的一生
就让浑身的酸软和疼痛
都化为通体的轻松和舒畅吧
那么高的山峰我无力再去攀登

| 2007年10月3日 |

秋意

当一场秋雨
叠加另一场秋雨
当一种思绪
叠加另一种思绪
当石榴熟过，柿子熟过
玉米和谷子收获
当衰草倒伏，土地覆上轻霜
深秋呈现出它的本色
朋友，在我的蜗居
就只剩下一些落寞
和对昔日的回忆

| 2007年10月3日 |

玉兰花树

就让一束束白色火苗
燃烧成一团神秘的火炬
月色之下独自吟哦
这由花瓣构成的奇异植物
在塔希提岛女子之外
在二十四桥箫声之外
在高更之外
在杜牧之外
这是初春的寒夜
故乡旷野的西边
童话和灵异之地
哦，玉兰花树

| 2008年3月25日 |

梅花

明月之下
暗香浮动
梅花
究竟是一个可以驾驭的主语
还是一个粉红色的宾词
如果梅花是一个主语
它就是一个男人把握不住的词性
如果梅花是一个宾词
它就是缀在丽人旗袍上的一种装饰
不管是古典还是现代
不管是叙事还是抒情
梅花

都会在二月的某个早晨

零度开放

| 2008年4月1日 |

桃花

到了三月的早晨
我们就应该想到
桃花开放的景象
桃花开放
是一种粉色
是一种情调
是一种风韵
是一种想象
桃花开放
最好再伴有一种芳香
一种沁人心脾的鲜亮
桃花是一种词语
一种暗示
这个季节

哪怕是在晚上
也不要去仰望星空
我们应该坐下来
坐在一株桃花树下
任由一种心绪
随意地滋长

| 2008年4月10日 |

花蕾开放

这一切的变化
注定是要来临
让我们
共同观察
一颗花蕾的
开放
这决定性的
一个瞬间
应该
由我亲自定格
而你
只需要等待
和静静地欣赏

| 2008年7月13日 |

卷肆 城，蓝色水晶

有一座小岛

海那边

小女孩

在楼梯的门口

站着一个小女孩

她的手里攥着一把野花

两条细瘦的小腿

黄软的头发

一双大眼睛

乌凌凌地告诉我

谁是她的妈妈

| 1992年7月24日 |

宝贝

无论
多少年之后
我都会记得
你爹着两只小手
一只小花鞋一只光脚丫
一头稀稀的软发
从院子的门口
摇摇晃晃地
朝我跑来

| 1992年7月30日 |

女儿

睡梦中的女儿
你宁静的眼睫
像五月黑色的蝴蝶
栖息在一茎俏立的草尖
再送给大公鸡一颗豌豆吧
再送给小松鼠一只蘑菇吧
夜里的星星有多明亮
小白马的眼睛就有多明亮
紫房子里的小狐狸已经睡下
女儿，你也要乖乖地睡
不要滚掉了小枕头

不要蹬翻了小花被
女儿，乖巧玲珑的女儿
把你拿过大苹果的手递给妈妈
把你抠过小脚丫的手递给爸爸

| 1993年5月8日 |

海那边

海那边
有一座小岛
岛上长着芒果
还有一棵椰子树
我的女儿
小船儿出海
要扬起帆
帆上画着一只
红苹果

|1994年2月11日|

无题

我们先打鼓
打鼓完了开枪
开枪完了开炮
开炮完了
吹喇叭

吹喇叭完了
就都完了

| 1994年10月27日 |

曲奇

粉红色背带裤
黑色小熊头拉链衫

两根自己扎起的
冲天小辫子

女儿，你乌溜溜的眼睛
正在偷偷地瞟着爸爸

背后的手里还藏着
一盒小曲奇

| 1997年2月6日 |

童话城（组诗）

蓝水晶

哦，蓝水晶，捧在手心里的蓝水晶
是三月九日的夜里小羊羔驮来了你

动物世界

爸爸

这是什么呀

这是猎豹

那是什么呀

那是小鹿

爸爸

猎豹吃小鹿啦

猎豹真坏

爸爸

阳阳不吃小鹿

花纹

爸爸，别亲我啦
亲我一脸瓜子

妈妈，别亲我啦
亲我一脸花纹

老猫

看它的
大长尾巴
它的眼睛
变成红色的啦
嘘
别说话
说话的孩子
给吃啦

手表

爸爸
让我拧一下

让我拧一下

拧一下吧
哈哈哈哈

拧一下
哈哈

问答

你爸爸妈妈谁好呀
我爸爸妈妈都好
你爸爸妈妈谁厉害呀
我爸爸妈妈都厉害
那你怕谁呀
我怕大灰狼

小绵羊

让你妈妈
给你生个小弟弟吧
生一个小弟弟吃妈妈奶
不，我不要小弟弟
妈妈
你给我生一只小绵羊吧
生一只小绵羊干什么
生一只小绵羊
我喂它草

爸爸

爸爸
你没有姥姥
没有小妹妹
你还没有布娃娃
没有沙皮狗
爸爸
你什么都没有

游戏

我这儿
有个瓶子
谁要是拿对了
我就给谁加上一分
拿错的小朋友
我就给他
加零分

布娃娃

妈妈
还没有下班
幼儿园中午没饭
接孩子去
看妈妈给你
带什么好吃的来啦
是棋子
这孩子
妈妈第一个接你

暖气

来暖气啦
阳阳
你去摸摸
暖气热不热
暖气真热
妈妈
咱们穿裙子吧

打游戏

爸爸
我要打鸭子
打鸭子的枪坏了
爸爸
我要看小人儿吃蘑菇
好啦
就是这个小人儿
小人儿叫玛丽
不对，不对
这个小人儿是我
阳阳
你别乱动
你看，坏了没有
爸爸
是不是我死啦

睡前

老狼老狼
几点啦
阳阳赶快睡觉吧
老狼老狼
十点啦
阳阳赶快睡觉吧

爸爸
你都快成公鸡了
看你头上的爹毛
来，我给你
梳个小辫儿吧

豌豆花

梧桐树开花吗
梧桐树开花
那小麦呢
小麦也开花
那妈妈呢
妈妈
妈妈也开花
妈妈是什么花呀
妈妈是一棵小铃兰
那，那我呢
你是爸爸的
豌豆花

爸爸，豌豆花
是大公鸡种出来的吗

松果

小松果一长大
就变成菠萝啦
不能变成菠萝
小松果长大了
就结满松子啦
结满了松子
给小松鼠吃呀
对，结满松子
小松鼠就来吃啦
还有一只小狐狸
围着松树转呀转
它嘴馋得也想吃

烧茄子

阳阳，你再来多吃点
多吃点长红脸蛋
爸爸，你说得不对
多吃了就长黑脸蛋
长黑脸蛋的孩子
就变成牛魔王啦

苦药片

它们以为
我肚子里
来了个大蛋糕
虫子要是一吃
“咚”就倒了
就把它们
都给苦死啦

童话

小鸡掉进水坑里
小鸭子吃饱撑着了
小黑狗只闻肉饺子
红嘴巴鹦鹉飞跑啦
虎皮，你要是
再养不好它们
小猫和兔子都瞪着你

代沟

你还唠叨些什么呀
馒头米饭炸酱面
你俗不俗，老爸
都MP4嘻唰唰了
我们要吃的是
肯德基麦当劳必胜客
别土了，老爸
三岁一个代沟
难道你和你爹相差了整整九个代沟
你们这一群有丝分裂出来的东西们
那没有办法，老爸
你还想再来揪我的耳朵
我怕你再也拎不起来

| 2007年10月3日 |

遗传基因

我们班同学说
你爸爸又黑又矮
能够生出你来
可真算是个奇迹呀
老爸，幸好你
还有点隐性基因

| 2007年10月4日 |

华尔兹比赛

比赛安排在四月一日
高二各班必须参加
这是素质教育的要求
男生要穿白衬衫
女生要穿白裙子
听说男生们还要拿着花
他们干吗不用嘴叼着
要是那天赶上刮风
我们女生牺牲可就大了
我们班男生们却说
你们又不是玛丽莲·梦露

再说风刮起你们的裙子
我们男生也看不着
都让老师们看到了
为什么华尔兹比赛
非得安排在愚人节
决赛我们班得了第一名
你知道主要是什么原因吗
是关键时刻的眼神
我们班男生和女生配合默契

| 2008年3月30日 |

卷伍　暗，喧嚣主题

在华灯初上的某一个时刻

就让一只花蕾开放吧

情歌

哦，鲜美的女郎
你是一只雪白肥腴的黑猫

男人
一尾干瘦的小鱼儿

| 1988年4月5日 |

暗夜

1

轻轻的
夜飔
青草又一度长了
喇叭花儿攀上了檐角
你温馨的紫房子里
注满了月光
此时
那凉润的一双小手
正握着什么呢
是银色水狐
还是一尾
小蛇
曾经酒醒

晓风残月杨柳岸

你小鸟依人

白皙而柔美

2

徐徐滑动

黝黑的湖面之上

水波漾起一纹萤火

一只圆润而光洁的天鹅

涉过一道又一道溪水

四野阒无声息

在这个宁静的子夜

雷声从天边隐隐传过

窗外的溽热正浓

那就把熟透的桃子苹果

都扔出去扔出去

统统

扔出去吧

后半夜有雨
我们相约
到远方去

在我上马之前
你最欣喜

3
踏过
瓦楞上的青苔
一只光滑的黑猫
在这个夜里
独自倾听

虫鸣唧唧
鸟儿已经入眠
莹黑的天空之上
一只异常美丽的眼睛

脉脉无语

唯一的月亮啊
我是男人

4
支起
一箴笸箩
撒下黄澄澄的粟米
撒下亮银银的粳米
撒下美国黑米
撒下泰国香米
躲在月亮的另一面
等待小鸟入巢
我馋嘴而
年轻

5

后半夜

临潮听鱼

鸟群栖息之地

星稀月明

烟雾般氤氲

你浑圆的嘴唇

在触觉中绵绵不绝

独自一人

旅行

峭壁之下

到处都是海水

| 1993年8月24日 |

情人

为你买了
各式肚兜
黑色丝袜和丁字裤
还有高跟鞋三十八双
你一穿上就变得更加妩媚
更加性感和漂亮
在这个夜晚
我们的卧室之内
你就是女王
我就是皇上

| 2007年10月3日 |

女加油工

她把
黑色油枪
插入我
白色的
爱丽舍
带着满脸的
兴奋
国际油价高企
油源紧张
我们中国石化
敞开供应
保障市场
加油女工
四十来岁

手握油枪

身体丰腴

白皙高大

| 2008年7月9日 |

吧女

她把乳峰
轻抵客人的椅背
香气软语
轻拂他的耳廓
先生
请点餐吧
先生喜欢用
水井坊
还是来一瓶
女儿红

| 2008年7月9日 |

诉讼程序

首先我的主体适格
再有一个确定的被告
还有具体的事实和理由
并且能够提出明确的主张
好吧，我就以你作为被告
提起一起民事诉讼
起诉你藏匿我的照片
侵犯我的肖像权
起诉你每晚逼迫我回家
侵犯我的人身自由权
起诉你没收我每月的薪水
侵占我的劳动所得
可是，法院却判决我败诉
采信了你的诡辩，你说

一切都出自你我的合意
都是我们真实的意思表示
嘿，我当庭辩论说不过你
但是你别那么得意，老婆
判决书送达十五日之内
我仍有到二审法院上诉的权利

| 2009年4月10日 |

合同

你的眼神就是一种意思
一个明确的要约邀请
逗引我向你发出要约
而你的表述则是一种承诺
合同以要约和承诺的方式订立
法律承认到达主义
要约到达受要约人时生效
承诺通知到达要约人时生效
承诺生效时合同成立
若是你再没有新的要约
那么好吧，从现在开始
我们就按照合同全面履行

| 2009年4月11日 |

导弹概论

导弹是一种装载有战斗部
无人驾驶的可控飞行器
导弹与火箭的本质区别
就在于两者的有效载荷
是适用于战争或者是和平
导弹设计的目标是远程控制
精确打击和高效毁伤的能力
无论是民兵、北极星、布拉瓦
百舌鸟、赛格、飞鱼、海标枪
或者是爱国者拦截飞毛腿
关于齐奥尔科夫斯基方程式
奠定了火箭飞行动力学的基础
关于音波、音速和空气的压缩性

关于弹翼和弹体组合体的升力
关于马格努斯力和整体气动布局
关于发动机比推力的基本要求
关于固、液组合燃烧室的结构
关于拉瓦尔喷管喉部的横截面积
关于俯仰、偏航和滚转通道
关于定位陀螺仪和加速度表
关于惯性导航以及多普勒系统
关于引信、装药和传爆物质
关于聚能破甲战斗部的原理
关于弹道式导弹发射方式的演变
关于机载导弹射击点的精确定位
其实，这么说起来就太过复杂
火箭的发明者本就是中国
譬如我们春节燃放的二踢脚
所谓操纵性与机动性的平衡

也就如同我正骑着的一辆自行车

车把既不能太松也不能太紧

| 2009年10月3日 |

备注：“民兵”“北极星”为美国远程弹道式导弹，“布拉瓦”为俄罗斯潜射战略导弹；“百舌鸟”为美国空对地导弹，“赛格”为前苏联反坦克导弹，“飞鱼”为法国舰对舰导弹，“海标枪”为英国舰对空导弹；“爱国者”为美国防空、反导兼容型地对空导弹，“飞毛腿”为前苏联地对地导弹。

导弹

不管是响尾蛇还是萨姆
不管是东风还是战斧
导弹是一个系统，一种兵器
体现一国工业的制造能力
无论是定型前的一系列试验
抑或是伊拉克和阿富汗的实战
导弹的任何一次发射
既与浪漫主义的甜腻无关
也与古典主义的阴柔无关
跨入非对称战争的时代
导弹只是一个没有温度的宾格

导弹发射只是一种行为艺术
一次后现代主义的冷抒情

| 2009年10月17日 |

转动惯量

我们之所以欣赏一头猎豹
是因为它奔跑的速度和体态
有着一种惊心动魄的美
而人类所能达到的速度
则取决于我们双腿的步幅
以及连续摆动的频率
按照理论力学的原理
惯量的大小与质量成正比
与到转轴距离的平方成正比
为了获得较大的步幅
我们就需要有一双长腿
为了克服转动惯量的牵制
我们就需要更加强劲的臀肌
并以胯骨和膝关节为轴

以锥形的腿实现摆的功能
这就是奥林匹克竞技的宗旨
因此，女孩喜欢高个子的帅男
而男子更迷恋长腿丰臀的美女

| 2009年11月4日 |

美女Sara

在全球一体化的消费时代
文化白领只需要读图
Sara，一位轻熟女腿模
还有Jessy，Annie，苏珊
一群天生丽质的女性
人妻、素女或者萝莉
一份来自因特网的电子文档
经过白平衡调整色阶
PS吸管、蒙板和滤镜编辑
由台湾一家美腿网站登载
在大陆，任何一位性成熟
或者尚未成熟的男人
也许还有更加成熟的女性

只要通过E-mail登录
使用VISA卡电子付账
人民币和美元、新台币统收
凭借一条口令或者密码
四百九十八元就可以获得一份
观看你们一年的套餐
No.3性感挑战邦德女郎
No.8嫁豪门紧张腿软
美颜天后No.1保湿水嫩秘笈公开
No.4穿千万珍珠衣不怕走光
这一切资讯，仅凭一只鼠标
就在今晚，我们旧时代的初恋情人
那个同桌的秀芝、小芳或者翠花
穿一件细花棉袄一条灯芯绒裤
一双带襻黑布鞋一双白线袜
一份天真、微露羞涩的笑容
则被压缩成一张两英寸的黑白照片

静静地停留于一簿老旧的相册
而你，真正的美女Sara
才是我们这一夜的大众情人
按照VIP会员的资格
不管你是坐在木质楼梯上搔弄丝袜
还是站在玻璃酒橱前凸显红唇
不管你是躺在红色沙发上高擎裸腿
还是趴在羊绒地毯上展示丰臀
Sara，你的每一个Pose
每一个眼神，每一次容颜的变换
都任由我们去选择
我们则充当你一个钟点的奴隶
Sara，美女Sara
能够提供如此完美的公共服务
你没有感到这是一种幸福吗
Sara，你职业性的微笑
两条修长的玉腿和莹润的美足

踏着一双高跟鞋

自信、孤傲

咄咄逼人地来了，朝我们来了

Sara，美女Sara

| 2009年11月21日 |

可行性研究

一个建设项目的可行性研究
包括市场需求状况、建设条件
工艺技术、设备、投资估算
经济效益、环境和社会影响评价
以及风险性分析、多方案比选
它是编制者的客观论证
融合政府部门的宏观导向
反映投资方的营利意图
商业银行对偿债能力的考量
利益相关者支持或者反对的倾向
一份研究报告就是一种折中
无论是进行企业财务评价
还是社会、国民经济评价
一个评价者站在不同的角度

就会得出不同的评价结论
这就是可行性研究的精髓
它既是一门科学又是一种艺术
需要决策者进行恰当的取舍

| 2010年2月20日 |

洛丽塔或者朵儿

每当一个主题的诞生
是否注定对应于一种形式
犹如认识某一个女孩儿
也许完全是一次巧合
她既是那个少女洛丽塔
名字也可能叫做朵儿
无论痴迷于一种主题的馨香
或者另一种形式的艳丽
落笔之前的一次选择
究竟是源于天堂的欢乐
还是来自地狱的痛苦
在华灯初上的某一个时刻
就让一只花蕾开放吧
这是一个更深层次的动机

独立于任何既有的主题和形式
不管你是一树洁白的梨花
还是一朵艳红的海棠
春风初醉的第一个夜晚
洛丽塔，你既是天使又是魔鬼
朵儿，如同你的年龄十七岁

| 2010年3月21日 |

跋

我对诗歌的一些认识

杏林

在酝酿出版这本集子之前，与任何诗人、编辑素不相识，与诗坛体制内、外任何流派素无交流。但是，对诗歌的一些基本认识、一些实话，又忍不住要说一说。当然，也可能只是自说自话。

首先，我主张的是“诗歌”，而不能仅仅是“诗”。道理很简单，仅有“诗”的内质，放弃“歌”的音韵，“诗”便明显狭窄了；有了“歌”，音韵、旋律必然有助于“诗”的展现和传播。如今，每个人都喜欢跑马圈地，谁又愿意自损江山或者自残一臂，能够把“歌”留下，何乐而不为?

其次，关于诗歌的抒情性。抒情肯定是诗歌的本质之一，叙事肯定也是之一，玄思也可以是之一。东方国度的诗歌，抒情的功能曾经被发挥得淋漓尽致，经过两千多年的浸润，已经凝结成一种集体无意识和民族深层积淀，成为汉语诗歌的一个显著特征，容易引起读者的共鸣。到了当代，玄思哲理当然可以占有更高的比重，语法、修辞也尽可以是反讽、冷抒情，但是，这一代诗人就真的有本事将抒情彻底弃置不用？我认为，诗歌不能拒绝抒情。

第三，意象是诗歌的手段之一，意境的营造也是诗歌的手段之一。意象和意境是古典汉语诗歌的根本所在，现代诗歌也经常使用。问题出在当下，一种极端的言论，当下的汉语诗歌要彻底抛弃意境的营造，并且还要让意象死得很难看。现在已经不是缠足的年代，尽可以放开大脚走路，表面上没有什么不可以突破。具体到某一派的某一首诗尽可以没有意象，也可以不描摹意境，但是，如果所有的诗歌都抛弃了意象和意境，诗歌整体就会瘫痪，就会走向死路。

第四，一种文体必须要有一个基本的标志，以区别于其他文体，否则，此种文体就会消亡。诗歌的分行是一种外观，产生一种切断、一种期待，甚至还会有一种潜在的节奏控制。除了语言上天然的精练之外，分行成为诗歌区别于散文的标志，是诗歌根本的外在形式。不分行的文本不能称之为诗歌，一字一行，实际上成为竖排格式的文本也不能称之为诗歌。

第五，需要进行诗体的形式实验，格律便于诗歌的流传。创新诗体，尤其格律诗体，是汉语诗歌延续生命的壮举，必将彪炳文学史册；但能否成功，目前似乎还得持悲观的态度。语言的功能在于交流，诗歌只是满足了交流功能中的一小部分。古典汉语已经被证明是完全适于格律诗歌的语言，现代汉语恐怕还不是。在创制类似于古典五七言律诗，或者西方十四行体的新诗格律之前，首先需要扩展现代汉语的诗性成分，使其在本质上成为适于诗歌的语言，这才是当下诗人对母语应当承担的责任。

第六，诗歌当然可以形而下，但更重要的应当是形而上。回顾自身，庸常心理、世俗生活以及性，也尽可以写出比较好的诗歌；但如果只有这些，是不是过于等而下之了？毫无疑问，仰望天空应当是诗歌的使命之一，宏大叙事和时代精神也应当是诗歌的使命之一，这些不言自明的基本道理，今天竟成了疑问。应当鼓励和尊重一部分诗人、一部分诗歌，去进行对生命和宇宙终极价值的追问，去承担英雄主义、民族精神和时代精神的塑造重任，而不是对此处之漠然、不屑一顾，甚至是嘲讽。

第七，诗歌可以先锋，但不必非先锋不可，诗歌实验也有被穷尽的极限。三十年的实验，每一个诗人都清楚得很，只有把诗歌的某一种要素强调到极致、运作到极限，才能自立门户、出人头地。于是，宣言和帮派旗帜林立，并且多以“先锋”标榜。当然，此等尝试取得了一些创新、突破，公正地说，有些还是了不起的成绩。新辈诗人们如同刚刚吸食了鸦片，面庞红润、精神亢奋，占山割据、沾沾自喜。可是，除了山寨内部的热闹，山寨与山寨之间尚且都不能相互沟通，又如何指望读者掏出银子买你的账，再花费时间去读你的东西，同时还得遭受心智和语言上的百般折磨？在一个多元化的商品时代，消费者自主选择商品，生产、分配、交换、消费，不能缺少任何一个环节。没有了交换和消费，诗人们还怎么分配？又如何去扩大再生产？结局只有一个：亏损和倒闭。丧失了读者，众多山寨还能支撑几日？

第八，破坏是一个方面，不破不立，但是，当下最紧要的应当是建设。做破坏者易，当建设者难，做踏踏实实浇筑梁板柱的建设者，显然比制作一些花里胡哨建筑装饰的建设者更难。

第九，当下诗歌的境况和出路。互联网时代、影像时代、读图时代全面到来，社会的心理重心持续下移，民众越来越现实。文学，尤其是诗歌的衰落和边缘化是民众的选择、历史的必然。或许，诗歌的黄昏已经来临。对此，号啕大哭、捶胸顿足、死不承认、抱残守缺都无济于事。在每一种诗歌要素、每一种题材的可能性，都已经被实验或者试验过了之后，诗歌既面临内部心智的衰竭，又面临外部资源的匮乏，派系之间的互相折腾、意气之争还有什么意义？在折腾得全球气候变暖的境况下，我们将不得不过一种绿色的、低碳的诗歌生活，不得不回归语言的自然，回归人心的本真。不管是贵族的还是贫民的，不管是喜欢阳春白雪还是下里巴人，不管是学院派、知识分子写作，还是来自民间的口语化写作，诗人不能全都是巫师或者精神分裂症患者、不能都是自恋狂、不能都是上帝。上帝毕竟只有一个，而且还可能是个虚设。诗歌不避传统、古典，或者现代、先锋，总体上应当像一个比较正常的人一样，去说话、去抒情、去表达。这样，才有可能使诗歌衰落得再慢一些，使诗歌谷地的海拔高出海平面，也使诗人们死得不那么难看。也许，度过这一次诗歌的漫漫黑夜，后辈诗人们就有可能建造一座新的高峰，屹立于东方古典主义和西方现代主义之间。

最后，对自我诗歌的评价。我所提供的诗歌，主要是一些带有抒情、怀旧色彩的文本，有一点古典的韵味。其中，起初的二十年，意识深处沉醉于农耕年代，却没有跟随时代走向工业文明，没有追逐潮流迈进现代、先锋的门槛。总体的优点有三：个人感悟、爱情、亲情、友情的一些短章顺畅可读，避免了枯燥、晦涩、拒绝读者的流弊；一些作品古典意趣意境的润泽，避免了与别人雷同和自我重复；近几年，又进行了一些现代性的尝试，写出了一些个性化文本。缺点也有三：离主流诗歌的现场和喧嚣变幻的洪流较远，缺乏诗体和语言创新，缺乏先锋性；沉浸于一己之思，婉约柔弱，格局和容量狭小；产量低，文本少。

这本集子分为五卷，卷内作品按写作时间排序，记录了我生命的感悟和岁月的印痕。感谢中国青年出版社提供给我这次机会，感谢唐朝晖先生和于亚敏女士的编辑工作，感谢周瓒女士为本书作序。希望再坚持十几年、二十年的阅读写作，能让我的作品成长为诗歌谷地上的一株花树，映衬黄昏里的几缕晚霞，这就是我追求的目标。

杏林

本名安杏林，教授级高级工程师。祖籍河北省井陉县，1964年生于石家庄。毕业于北京工业学院，现供职于中国兵器工业第六设计研究院。1984年萌发诗歌兴趣，开始阅读、写作，有短诗《壁虎》《蚁》《寂夜》等发表。

（京）新登字083号

图书在版编目（CIP）数据

雪落花树/杏林著.—北京：中国青年出版社，2010.5

ISBN 978-7-5006-9289-8

Ⅰ.①雪… Ⅱ.①杏… Ⅲ.①诗歌—作品集—中国—当代 Ⅳ.①I227

中国版本图书馆CIP数据核字（2010）第072521号

作　　者　杏林

责任编辑　唐朝晖　于亚敏

出版发行　中国青年出版社

社　　址　北京东城区东四十二条21号

邮　　编　100708

网　　址　www.cyp.com.cn

编 辑 部　010-64174917

营 销 部　010-57350370

印　　刷　北京文昌阁彩色印刷有限责任公司

经　　销　全国新华书店

规　　格　889×1194　1/32

印　　张　6

字　　数　150千字

版　　次　2010年9月北京第1版

印　　次　2010年9月北京第1次印刷

定　　价　29.00元